Antón Čechov

Per affari di servizio

versione filologica del racconto

(1899)

a cura di Bruno Osimo

Titolo originale dell'opera: По делам службы
Traduzione dal russo di Bruno Osimo

Bruno Osimo è un autore/traduttore che si autopubblica

La stampa è realizzata come print on sale da Kindle Direct Publishing

ISBN 9788831462051 per l'edizione cartacea
ISBN 9788831462068 per l'edizione elettronica

Contatti dell'autore-editore-traduttore: osimo@trad.it

Traslitterazione

La traslitterazione dei nomi è fatta in base alla norma ISO 9:

â si pronuncia come 'ia' in 'fiato' /ja/
c si pronuncia come 'z' in 'zozzo' /ts/
č si pronuncia come 'c' in 'cena' /tɕ/
e si pronuncia come 'ie' in 'fieno' /je/
ë si pronuncia come 'io' in 'chiodo' /jo/
è si pronuncia come 'e' in 'lercio' /e/
h si pronuncia come 'c' nel toscano 'laconico' /x/
š si pronuncia come 'sc' in 'scemo' /ʂ/
ŝ si pronuncia come 'sc' in 'esci' /ɕ:/
û si pronuncia come 'iu' in 'fiuto' /ju/
z si pronuncia come 's' in 'rosa' /z/
ž si pronuncia come 's' in 'pleasure' /ʐ/

Sommario

Traslitterazione.. 3

Per affari di servizio.................................. 7

Dello stesso editore.. 66

Per affari di servizio

Il facente funzione investigatore forense e il medico provinciale andavano per un'autopsia al villaggio di Syrnâ. Lungo la strada furono sorpresi dalla tormenta, girarono a lungo in tondo e arrivarono sul posto non a mezzogiorno, come volevano, ma solo verso sera, quand'era ormai buio. Si fermarono a pernottare nell'izbà del zémstvo [1]. Sempre qui, nell'izbà del zémstvo, per caso si trovava anche il cadavere, il cadavere dell'agente assicurativo del zémstvo Lesnìckij, che era venuto tre giorni prima a Syrnâ e, sistematosi nell'izbà del zémstvo e chiesto il samovàr, si

---

[1] Organi elettivi di autogoverno locale.

era sparato del tutto inaspettatamente per tutti; e la circostanza che si fosse tolta la vita in modo strano, intorno al samovàr, con gli spuntini disposti sul tavolo, aveva dato modo a molti di sospettare un omicidio; era necessaria un'autopsia.

Il dottore e l'investigatore nell'andito si scrollarono la neve di dosso, battendo i piedi, e accanto c'era la guardia Il'â Lóšadin, un vecchio, e faceva loro luce tenendo in mano una lampada di latta. C'era un forte odore di petrolio.

«Tu chi sei?» domandò il medico.

«Cockaj...» rispose la guardia.

Anche alla posta si firmava così: cockaj.

«E dove sono i testimoni?»

«Devono essere andati a bere il tè, vostra alta nobiltà».

A destra c'era la stanza pulita, "per gli arrivati", o per i signori, a sinistra – quella nera, con la grande stufa e il soppalco per dormire. Il dottore e l'investigatore, e dietro di loro la guardia, tenendo la lampada più alta della testa, entrarono in quella pulita. Qui sul pavimento, proprio ai piedi del tavolo, giaceva immobile il corpo lungo coperto di bianco. Alla luce debole della lampada, oltre al lenzuolo bianco, si vedevano nitidamente anche le calosce di gomma nuove, e qui tutto era brutto, sinistro: sia le pareti scure, sia il silenzio, sia queste calosce, sia l'immobilità del corpo morto. Sul tavolo c'era il samovàr, ormai freddo da tempo, e intorno dei cartocci avvoltolati, evidentemente, gli spuntini.

«Si è sparato nell'izbà del *zémstvo* — che mancanza di tatto!» disse il dottore. «Se ti è venuta la voglia di infilarti una pallottola in fronte, spàrati a casa tua, nel capanno, da qualche parte».

Così com'era, in cappello, pelliccia e stivali di feltro, si lasciò cadere sulla panca; il suo compagno di viaggio, l'investigatore, gli si sedette di fronte.

«Questi isterici e nevrastenici sono dei grandi egoisti» continuò il dottore con amarezza. «Quando un nevrastenico dorme nella stessa stanza con voi, fa frusciare il giornale; quando cena con voi, fa una scenata a sua moglie, senza intimidirsi della vostra presenza; e quando gli viene voglia di spararsi, ecco, si spara in un paese, nell'izbà del zémstvo, per dare più fastidi a tutti. Questi signori in tutte le circostanze della vita pensano solo a sé stessi. Solo a sé stessi! È per questo che ai vecchi non piace questa nostra "epoca dei nervi"».

«Non che ai vecchi piacciano molte cose» disse

l'investigatore, sbadigliando. «Voi fate presente ai vecchi che differenza c'è tra i suicidi di ora e quelli di una volta. Il cosiddetto uomo perbene di una volta si sparava perché aveva speso i soldi dello Stato, mentre quello di adesso – la vita l'ha stufato, ha l'angoscia... Cos'è meglio?»

«La vita l'ha stufato, ha l'angoscia, ma, sarete d'accordo, si sarebbe potuto sparare anche fuori dall'izbà del *zémstvo*».

«Oh, che dolore» disse la guardia «che dolore, proprio un castigo. La gente è molto inquieta, vostra altra nobiltà, sono tre notti che non dormono. I bambini piangono. Bisogna mungere le vacche, ma

le babe nella stalla non ci vanno, hanno paura... Di vedere nella penombra il bàrin[2]. Si sa, le donne sono sciocche, ma ci sono anche certi mužikì che hanno paura. Come viene sera, vicino all'izbà da soli non ci passano, ma così, tutti in branco. E anche i testimoni...»
Il dottor Stàrčenko, uomo di mezza età, con la barba scura, gli occhiali, e l'investigatore Lýžin, biondo, ancora giovane, laureato solo due anni prima e simile più a uno studente che a un funzionario, sedevano in silenzio, pensierosi. Erano indispettiti di avere fatto tardi. Ora bisognava aspettare fino al mattino, restare qui a dormire,

---

[2] Signore.

ed erano ancora solo le cinque passate, e gli si prospettava una lunga serata, poi una lunga, buia notte, la noia, la scomodità dei letti, gli scarafaggi, il freddo del mattino; e, ascoltando la tormenta che ululava nel camino e nel solaio, pensavano tutti e due a come tutto questo è diverso dalla vita che loro avrebbero voluto per sé e che un tempo sognavano, e come tutti e due erano lontani dai loro coetanei, che ora in città camminano per le vie illuminate, senza far caso al brutto tempo, o si preparano ad andare a teatro, o se ne stanno nel loro studio con un libro in mano. Oh, quanto sarebbero stati disposti a pagare ora per fare solo una passeggiata per il Névskij o per la Petróvka a Mosca, per ascoltare qualcuno che canta in modo decente, per passare un'ora o due al ristorante...

«U-u-u-u!» cantava la tormenta nel solaio, e fuori qualcosa sbatteva con cattiveria, verosimilmente l'insegna dell'izbà del zémstvo. «U-u-u-u!»

«Voi fate come volete, ma io qui non ci voglio stare» disse Stàrčenko, alzandosi. «Sono ancora le cinque passate, è presto per dormire, me ne andrò da qualche parte. Qui vicino abita von Taunitz, a sole tre verste da Syrnâ. Vado da lui, passo la serata. Guardia, va', di' al cocchiere che non stacchi. E voi?» domandò a Lýžin.

«Non so. Mi sa che mi metto a dormire».

Il dottore si avvoltolò nella pelliccia e uscì. Si sentiva che parlottava col cocchiere, che addosso ai cavalli infreddoliti tremolavano i campanelli. Partì.

«*Bàrin*, qui non è un posto adatto perché tu ci passi la notte» disse la guardia «va' nell'altra stanza. Là non è pulito, ma per una notte non fa niente. Ora vado a prendere il samovàr da un mužìk, te lo metto su, poi dopo ti sistemo il fieno intorno, e dormi con Dio, vostra alta nobiltà».

Dopo un po' l'investigatore era seduto a tavola nella stanza nera e beveva il tè, mentre la guardia Lóšadin stava in piedi sulla porta e parlava. Era un vecchio sui sessant'anni, di statura bassa, molto magro, con la gobba, bianco, in faccia un sorriso ingenuo, gli occhi lacrimavano, e continuava a fare gnac gnac con la bocca come se stesse succhiando un lecca lecca. Aveva un pellicciotto corto e stivali di feltro e non mollava di mano il bastone. La gioventù dell'investigatore, evidentemente, suscitava in lui compassione, e per questo, è verosimile, gli dava del tu.

«Il capovillaggio Fëdor Makàryč ha ordinato di riferirgli appena arriva il commissario o l'investigatore» disse. «Perciò, come stanno le cose, ora devo andare... Alla *volost*[3] ci sono quattro verste, c'è la tormenta, s'è ammassata la neve – un disastro, roba da arrivarci non prima di mezzanotte. E fischia in un modo».

«Non ho bisogno del capovillaggio» disse Lýžin. «Non ha niente da fare qui». Guardò con curiosità il vecchio e domandò:

«Dimmi, nonno, quanti anni sono che fai la guardia del paese?»

«Quanti? Ormai saranno una trentina d'anni. Cinque anni dopo la liberazione[4] ho cominciato, fa un po' il conto

---

[3] La più piccola unità amministrativa territoriale.
[4] Nel 1861 fu abolita la servitù della gleba.

tu. Da allora sono in giro tutti i giorni. La gente fa festa, ma io sono sempre in giro. Fuori è la settimana Santa, suonano le campane, Cristo è risorto, ma io sono in giro con la borsa. Al tesoro, alla posta, a casa del commissario, al consiglio del zémstvo, dall'esattore, in direzione, dai signori, dai mužikì, da tutti i cristiani ortodossi. Porto pacchetti, citazioni, cartelle delle tasse, lettere, moduli vari, avvisi e, quindi, Buon Signore, vostra alta nobiltà, ora ci sono dei moduli tali, per scriverci le cifre – gialli, bianchi, rossi – e ogni bàrin, o pope, o mužìk ricco deve senz'altro scriverne uno dieci volte all'anno, quando ha seminato e raccolto, quanti quarti e pud di segale ha, quanta avena, quanto fieno e che tempo fa, e tutti gli insetti vari, insomma. Certo, scrivi quel che vuoi, è solo un proforma, ma tu ci vai, consegni i fogli, e poi vai di nuovo a prenderli. Ecco, per esempio, è inutile aprire la pancia al bàrin, so benissimo che è inutile, c'è solo da sporcarsi le mani, e invece bisogna far fatica, vostra alta nobiltà, bisogna andarci perché è un proforma; non c'è niente da fare. Sono trent'anni che vado in giro proforma. D'estate non fa niente, fa caldo, è asciutto, ma d'inverno o d'autunno è scomodo. Mi è successo di stare per annegare, per gelare – di tutto m'è successo. E nel bosco degli uomini cattivi mi hanno portato via la borsa, e mi hanno picchiato nel collo, e sono stato in tribunale...»

«Perché in tribunale?»

«Per truffa».

«Come per truffa?»

«È andata così: lo scrivano Hrisànf Grigór'ev ha venduto a un appaltatore delle assi che non erano sue, quindi l'ha imbrogliato. Io ero presente all'affare, mi avevano mandato in trattoria a prendere la vodka; beh, con me lo scrivano non ha diviso, non mi ha nemmeno offerto un bicchiere, ma siccome per la mia povertà, si vede, a quanto pare, non sono uno che ci si può fidare, non valgo molto, ci hanno processati tutti e due; a lui in galera, e a me, Dio l'ha concesso, m'hanno assolto del tutto. In tribunale hanno letto una carta così. E tutti in uniforme. In tribunale. Io mi dico questo, vostra alta nobiltà, il nostro servizio per uno che non c'è abituato – Dio non voglia, è la morte sicura, mentre per noi non è nulla. Quando non sei in giro, ti fanno perfino male le gambe. Anche a casa per noi è peggio. A casa bisogna accendere la stufa allo scrivano alla *volost'*, portare l'acqua allo scrivano, lucidare gli stivali allo scrivano».

«E quanto prendi di stipendio?» domandò Lýžin.

«Ottantaquattro rubli all'anno».

«Però ci saranno anche delle altre entrate. Vero?»

«Ma quali entrate! I signori di adesso la mancia la danno una volta tanto. Ora i signori sono severi, si offendono di continuo. Tu gli porti una carta – si offende, ti sei tolto il cappello davanti a lui – si offende. Tu, dice, non sei passato dal *kryl'có*[5] giusto, tu, dice, sei un ubriacone, puzzi di cipolla, cretino, dice, figlio d'un cane. Certo, ce n'è anche di buoni, ma quello che prendi da loro, in compenso ridono di te

---

[5] Terrazzino d'ingresso che separa con alcuni gradini il piano dell'izbà dal livello del suolo.

e ti danno soprannomi vari. Per esempio, il bàrin Altùhin; ed è buono e, a ben vedere, beve un po', ha la testa a posto, ma come mi vede, grida, non capisce nemmeno lui cosa. Mi ha dato un soprannome. Tu, dice, sei un...»
La guardia disse una parola, ma così piano che non si riusciva a decifrarla.
«Come?» domandò Lýžin.
«Ripeti».
«Amministrazione!» ripeté forte la guardia. «Mi chiama così da un pezzo, saranno sei anni. Salve, amministrazione! Ma io niente, e va beh, che Dio sia con lui. Succede che una bàrynâ mi manda un bicchierino di vodka e un pezzo di torta, e me

lo bevo alla sua salute. Ma quelli che danno di più sono i mužikì; i mužikì – quelli sono più buoni, hanno paura di Dio; chi un panino, chi mi dà da mangiare una minestra di cavoli, chi me la porta. I capivillaggio a volte mi offrono qualcosa in trattoria. Ora per esempio i testimoni sono andati a bere il tè. "Lóšadin" dicono "stai tu al posto nostro, fai la guardia" e mi hanno dato un copeco ciascuno. Non sono abituati, hanno paura. Ieri invece mi hanno dato quindici copechi e mi hanno portato un bicchiere».

«Perché, tu non hai paura?»

«Ho paura, bàrin, ma il nostro mestiere è così – è servizio, non c'è niente da fare. D'estate porto un arrestato in città, e lui a me — giù a darmele, giù a darmele, giù a darmele. E intorno c'è la campagna, il bosco — dove vuoi che me ne scappi? E qui lo stesso. Il bàrin, Lesnìckij, me lo ricordo ancora bambino, conoscevo anche suo padre, e la mamma. Io sono del paese di Nedoŝótovaâ, loro invece, i signori Lesnìckij, non stanno a più di una versta da casa nostra, anche di meno, confine contro confine. E il signor Lesnìckij aveva una sorella signorina, timorosa di Dio e misericordiosa. Ricorda, Signore, l'anima della tua schiava Ûliâ, eterna memoria. Non si è sposata, e quando è morta, tutti i suoi beni li ha divisi; al monastero ha lasciato cento desâtine e a noi, comunità di contadini del paese di Nedosótovaâ, per il ricordo dell'anima, duecento, ma suo fratello, il bàrin, ha nascosto la carta, dicono che l'ha bruciata nella stufa, e si è tenuto tutta la terra. Ha pensato, insomma, tanto meglio per lui – e invece no, aspetta, al mondo con gli imbrogli non la si spunta, caro mio. Il bàrin poi a confessarsi non c'è andato per vent'anni, dalla chiesa l'hanno cacciato, quindi è morto senza pentimento, è andato in rovina. Era grassottello. È andato in rovina del tutto. Poi al bàrin giovane, a Serëža, hanno portato via tutto per i debiti, tutto quel che c'era; beh, negli studi non è andato lontano, non è capace di far niente, e il presidente del zémstvo, suo zio, ha pensato "su, prendi Serëža come agente, fagli fare l'assicuratore, non è una roba complicata". Ma il bàrin è giovane, orgoglioso, anche lui vuole un posto più importante, più in vista, più libero, beh, quindi è vergognoso andare in giro per la provincia col carro, a chiacchierare coi mužikì; se ne va e continua a guardare per terra, la guarda e tace; lo chiamo proprio da vicino: "Sergéj Sergéič!" e lui si volta così: "Eh?" e di nuovo guarda per terra. E ora, vedi, ha alzato le mani contro di sé. Non ha senso, vostra alta nobiltà, non è giusto, e non si capisce che cosa significa al mondo, signore misericordioso. A pensare che il padre era ricco e tu sei povero è una vergogna, questo di certo, beh, ma cosa vuoi, bisogna farci l'abitudine. Vivevo bene anch'io, io, vostra alta nobiltà, avevo due cavalli, tre vacche, tenevo una ventina di pecore, ma è venuto il momento che sono rimasto con la sola borsa, e anche quella non era mia, ma dello Stato, e adesso nella nostra Nedoŝótovaâ, a voler vedere, di casa mia non c'è niente di peggio. Il signor Červyj aveva quattro servi, ora invece è Červyj il servo. Il signor Vol'čantyj aveva tre braccianti, ora invece il bracciante è Vol'čantyj».

«E com'è che ti sei impoverito?» domandò l'investigatore.

«I miei figli bevono vodka di brutto. Bevono tanto, bevono tanto, che a dirlo non si può, non ci crederesti».

Lýžin ascoltava e pensò che lui, Lýžin, prima o poi se ne sarebbe tornato a Mosca, mentre questo vecchietto sarebbe rimasto qui per sempre e avrebbe continuato a camminare e camminare; e nella vita chissà quanti altri vecchietti gli sarebbe toccato incontrare, così malconci, che non si pettinano da un pezzo, che non valgono nulla, che nell'anima si sono del tutto abituati ai quindici copechi, al bicchierino e a una profonda fede nel fatto che al mondo con gli imbrogli non la si spunta. Poi si stufò di ascoltare, e ordinò di portare il fieno per il letto. In anticamera c'era un letto di ferro con cuscino e coperta, e lo si poteva portare da lì, ma accanto da quasi tre giorni c'era il morto (che magari prima di morire ci si era seduto), e ora sarebbe stato sgradevole dormirci...

"Sono ancora solo le sette e mezza" pensò Lýžin, data un'occhiata all'orologio. "Quanto è orrendo!"

Di sonno non ne aveva, ma per non saper che fare, per

ammazzare in qualche modo il tempo, si sdraiò e si coprì con un plaid. Lóšadin, riordinando i piatti, uscì ed entrò varie volte, schioccando la bocca e sospirando, continuava a battere i piedi vicino al tavolo, infine prese la sua lampada e uscì; e, guardando da dietro i suoi lunghi capelli canuti e il corpo ricurvo, Lýžin pensò: "Come lo stregone all'opera".
Si fece buio. Evidentemente, dietro le nuvole c'era la luna, perché si vedevano chiare le finestre e la neve sui telai.
«U-u-u-u!» cantava la tormenta. «U-u-u-u!»
«Sa-a-a-anti numi!» ululava una baba in solaio, o almeno così sembrava. «Sa-a-a-anti numi-i!»

«Bbuh!» qualcosa fuori sbatté contro il muro. «Trah!» L'investigatore si mise ad ascoltare: non c'era nessuna baba, era il vento che ululava. Faceva freddo, e sopra il plaid si coprì anche con la pelliccia. Scaldandosi, pensava a quanto tutto questo – e la tormenta, e l'izbà, e il vecchietto, e il corpo morto che giaceva nella camera accanto – a quanto tutto questo fosse lontano da quella vita che voleva per sé, e a quanto tutto questo gli fosse estraneo, meschino, privo di interesse. Se quest'uomo si fosse ucciso a Mosca o dalle parti di Mosca e si fosse dovuto condurre un'indagine, là sarebbe stato interessante, importante e, magari, forse avrebbe fatto fin paura dormire vicino a un cadavere; qui invece, a mille verste da Mosca, appare tutto sotto un'altra luce, tutto questo non è vita, non sono uomini, ma qualcosa che esiste solo "proforma", come dice Lóšadin, tutto questo non lascerà nella memoria la minima traccia e verrà dimenticato, non appena lui, Lýžin, se ne andrà da Syrnâ. La patria, la Russia vera, è Mosca, Pietroburgo, qui invece è provincia, colonia; quando si sogna di recitare una parte, di diventare famosi, di essere, per esempio, giudice istruttore in processi molto importanti o procuratore del tribunale circondariale, di essere un leone da salotto, si pensa immancabilmente a Mosca. Se si vive, si vive a Mosca, qui invece non si ha voglia di niente, ci si accontenta facilmente del proprio ruolo irrilevante e dalla vita ci si aspetta una cosa sola – di andarsene, di andarsene al più presto. E Lýžin si spostò mentalmente per le vie di Mosca, fece un salto nelle case che conosceva, incontrò parenti, colleghi, e il cuore gli si stringeva leggermente al pensiero che aveva ventisei anni e che se fosse riuscito a strapparsi di qui e fosse capitato a Mosca dopo cinque o dieci anni, non sarebbe ancora stato tardi, avrebbe ancora avuto davanti tutta la vita. E, cadendo nell'oblio, quando ormai cominciavano a confonderglisi i pensieri, si immaginava i lunghi corridoi del tribunale di Mosca, sé stesso che pronunciava un discorso, le sue sorelle, l'orchestra che, chissà perché, continuava a urlare:

«U-u-u! U-u-u!»

«Bbuh! Trah!» si sentì di nuovo.

«Buh!»

E gli venne di colpo in mente che una volta alla direzione del zémstvo, mentre stava chiacchierando col ragioniere, allo sportello si era avvicinato un signore con gli occhi scuri, i capelli neri, magro, pallido; aveva un'espressione sgradevole degli occhi, come capita alle persone che hanno dormito a lungo dopo pranzo, e gli guastava il profilo sottile, intelligente; e gli stivali alti che portava non gli andavano bene, avevano un'aria volgare. Il ragioniere gliel'aveva presentato: "Questo è l'agente del nostro zémstvo".

"Allora era Lesnìckij... questo stesso..." intuì ora Lýžin.

Gli venne in mente la voce sommessa di Lesnìckij, ricostruì la sua andatura, e gli sembrò che ora accanto a lui camminasse qualcuno, camminasse proprio come Lesnìckij.

D'un tratto ebbe paura, gli si raggelò la testa.

«Chi c'è?» domandò ansioso.

«Cockaj».

«Cosa vuoi qui?»

«Io, vostra alta nobiltà, vorrei chiedervi una cosa. Prima avete detto che il capovillaggio non vi serve, ma io ho paura che si arrabbia. Mi aveva ordinato di andare. Che faccio, vado?»

«Oh, che noia! M'hai scocciato...» disse con stizza Lýžin e si ricoprì.

«Ho paura che si arrabbia... Vado, vostra alta nobiltà, buona permanenza».

E Lóšadin uscì. Nell'andito qualcuno tossicchiava e parlava sottovoce. Evidentemente, i testimoni erano tornati.

"Domani lasceremo andare questi poveracci prestissimo..." pensava l'investigatore. "Non appena fa luce cominciamo l'autopsia".

Cominciava a perdere conoscenza, quando d'un tratto ci furono di nuovo dei passi, non timidi però, ma veloci, rumorosi. Sbatté la porta, voci, sfrigolio di fiammifero...

«Dormite? Dormite?» domandò in fretta e arrabbiato il dottor Stàrčenko, accendendo un fiammifero dopo l'altro; era tutto coperto di neve, e da lui emanava freddo. «Dormite? Alzatevi, andiamo da von Taunitz. Mi ha mandato coi suoi cavalli a prendervi. Andiamo, là, perlomeno, cenerete, dormirete umanamente. Vedete, sono venuto di persona a prendervi.

I cavalli sono stupendi, in venti minuti ce la faremo».

«Ma che ore sono?»

«Le dieci e un quarto».

Lýžin, insonnolito, scontento, infilò gli stivali di feltro, la pelliccia, il cappello e il cappuccio e insieme al dottore uscì all'esterno. Non c'era un gran gelo, ma soffiava un vento forte, penetrante e cacciava lungo le vie nuvole di neve che, sembrava, correvano orripilate; sotto le palizzate e vicino ai *kryl'có* si erano già accumulati alti monticelli. Il dottore e l'investigatore salirono sulla slitta, e il cocchiere bianco si chinò verso di loro per abbottonare loro la coperta. Avevano caldo tutti e due.

«Andiamo!»

Attraversarono il paese. "Scavando vaporosi solchi[6]..." pensava languido l'investigatore, guardando come lavorava di gambe il cavallo di testa. In tutte le izbe c'era la luce accesa, come se fosse la vigilia di una grande festa: è che i contadini non dormivano, avevano paura del morto. Il cocchiere taceva cupo; si vede che si era immalinconito a stare vicino all'izbà del zémstvo, e ora pensava anche lui al morto.

«Perché da Taunitz» disse Stàrčenko «quando hanno saputo che eravate rimasto a dormire nell'izbà, tutti mi si

---

[6] «Бразды пушистые взрывая..» — Dall'*Evgenij Onegin* di Puškin (capitolo 5, verso 2).

sono scagliati contro, com'era possibile che non vi avessi portato con me».

All'uscita del paese, in curva, il cocchiere d'un tratto gridò a squarciagola:

«Lèvati di mezzo!»

Balenò un uomo; scostatosi dalla strada, era nella neve fino alle ginocchia, e guardava la troika; l'investigatore vide il bastone ricurvo e la barba e di fianco la borsa, e gli sembrò che fosse Lóšadin, e gli sembrò anche che sorridesse. Balenò e scomparve.

La strada prima andava lungo il margine del bosco, poi attraversava una vasta radura; balenavano e i vecchi pini, e un giovane betulleto, e giovani querce alte, screpolate, che svettavano solitarie sulla radura dove avevano tagliato da poco il bosco, ma presto tutto si mescolò nell'aria, nelle nuvole di neve; il cocchiere diceva di vedere il bosco, invece l'investigatore non vedeva nulla tranne il cavallo di testa. Il vento soffiava da dietro. D'un tratto i cavalli si fermarono.

«Beh, che altro c'è?» domandò arrabbiato Stàrčenko.

Il cocchiere scese in silenzio da cassetta e si mise a correre intorno alla slitta, camminando sui talloni; faceva cerchi sempre più grandi, allontanandosi sempre più dalla slitta, e sembrava che ballasse; alla fine tornò e girò a destra.

«Hai perso la strada, eh?» domandò Stàrčenko.

«Non è niente-e-e...»

Ecco un paesino, dentro nemmeno una luce. Di nuovo bosco, campi, di nuovo persero la strada e il cocchiere scese da cassetta e ballò. La troika corse per un vialetto buio, corse veloce, e il cavallo di testa batteva contro l'avantreno della slitta. Qui gli alberi facevano un rumore rimbombante, spaventoso, e non si vedeva un'acca, come se fossero finiti in una voragine, e d'un tratto – colpì gli occhi la luce forte dell'ingresso e delle finestre, si diffuse un benevolo, modulato abbaiare, delle voci... Erano arrivati.

Intanto che da basso in anticamera si toglievano le pellicce e gli stivali di feltro, disopra al pianoforte suonavano

Un petit verre de Clicquot[7], e si sentivano i bambini pestare i piedi. Addosso agli arrivati giunse subito un'ondata di tepore, l'odore di vecchie stanze dei bàrin dove, comunque sia il tempo fuori, si sta al caldo, nel pulito, comodi.

«Ecco, meraviglioso» disse von Taunitz, un grassoccio con il collo inverosimilmente largo e le fedine, stringendo la mano all'investigatore. «Ecco, meraviglioso. Vi prego di accomodarvi, sono molto lieto di conoscervi. Tra l'altro io e voi siamo quasi colleghi. Un tempo sono stato viceprocuratore, ma

---

[7] Dal ritornello del valzer di A. Raynal «La valse du Cliquot». In traduzione russa di I. I. Pavlov — «Клико. Весёлый вальс». Per canto con accordi per pianoforte. San Pietroburgo, 1892, edizioni Ioganson.

non per molto, due anni in tutto;
sono venuto qua a fare il
proprietario e ci sono invecchiato.
Un vecchio rincoglionito,
insomma. Vi prego di
accomodarvi» continuò,
trattenendo evidentemente la
propria voce per non parlare
forte; lui e gli ospiti salirono
disopra. «La moglie non ce l'ho, è
morta, e queste, ve le presento,
sono le mie figlie». E, voltatosi,
gridò disotto con voce di tuono:
«Dite a Ignàt là che domani sia
pronto per le otto!»
In sala si trovavano le sue quattro
figlie, giovani fanciulle, carine,
tutte con i vestiti grigi e pettinate
allo stesso modo, e la loro *cousine*[8]
coi figli, anche lei giovane e

---

[8] La parola usata è un francesismo.

interessante. Stàrčenko, che li conosceva, si mise subito a chiedere di cantare qualcosa, e due *bàryšni* andarono avanti un pezzo ad assicurare di non saper cantare e di non avere lo spartito, poi la *cousine* si sedette al pianoforte a coda, e loro cantarono con voce tremante un duetto dalla *Donna di picche*[9]. Ripresero a suonare *Un petit verre de Clicquot*, e i bambini si misero a saltare, battendo le gambe a tempo. Anche Stàrčenko si mise a saltare. Tutti ridevano.

Poi i bambini salutarono, andando a dormire. L'investigatore sorrideva, ballava la quadriglia, corteggiava, e

---

[9] Duetto di Liza e Polina («Уж вечер... облаков померкнули края») sulle parole dell'elegia di Žukovskij «Sera» dall'opera di Čajkovskij «La donna di picche» (1890).

intanto pensava: non sarà un sogno tutto questo? La stanza nera dell'izbà del zémstvo, il mucchio di fieno nell'angolo, il fruscio degli scarafaggi, il ripugnante mobilio misero, le voci dei testimoni, il vento, la tormenta, il pericolo di perdere la strada, e d'un tratto queste meravigliose stanze luminose, i suoni del pianoforte a coda, le belle ragazze, i bambini ricciuti, le risa allegre, felici – una simile trasformazione gli sembrava da fiaba; ed era inverosimile che trasformazioni simili fossero possibili nel corso di sole tre verste, di un'ora. E i pensieri noiosi gli impedivano di stare allegro, e continuava a pensare che questa intorno non fosse vita, ma brandelli di vita, frammenti, che tutto qui fosse casuale, che non si potesse trarre nessuna conclusione; e gli facevano anzi pena queste ragazze, che vivevano e avrebbero finito di vivere qui sperdute, in provincia, lontano dall'ambiente culturale, dove non c'è nulla di casuale, tutto è spiegabile, legittimo e, per esempio, ogni suicidio è comprensibile, e si può spiegare perché è successo e che significato ha nel ciclo della vita. Supponeva che se la vita circostante qui, in un angolo sperduto, gli era incomprensibile e se lui non la vedeva, voleva dire che non c'era affatto.

Durante la cena si toccò l'argomento di Lesnìckij.

«Lascia la moglie e un figlio» diceva Stàrčenko. «Ai nevrastenici e in generale alle persone che non hanno il sistema nervoso in ordine, io proibirei di contrarre matrimonio; toglierei loro il diritto e la possibilità di moltiplicarsi generando propri simili. Mettere al mondo bambini malati di nervi – è un crimine».

«Un giovanotto infelice» diceva von Taunitz, sospirando piano e scuotendo la testa. «Quanto bisogna prima ripensarci, soffrire, per decidersi alla fine a togliersi la vita... una vita giovane. In qualsiasi famiglia può accadere una sventura del genere, ed è orribile. È difficile sopportarlo, è intollerabile...»

E tutte le ragazze ascoltavano in silenzio, con le facce serie, guardando il padre. Lýžin capiva che era doveroso che anche lui dicesse qualcosa dal suo punto di vista, ma non riusciva a pensare a nulla e disse soltanto:

«Già, i suicidi sono un fenomeno indesiderabile».

Dormì in una camera calda, in un letto morbido, riparato da una coperta sotto la quale era un fresco lenzuolo sottile, ma per qualche motivo non si sentiva comodo; forse era perché nella camera accanto per un pezzo il dottore e von Taunitz andarono avanti a chiacchierare e in alto, sopra il soffitto e nella stufa la tormenta faceva lo stesso rumore che nell'izbà del zémstvo, e ululava altrettanto lamentosa: «U-u-u-u!»

A von Taunitz due anni prima era morta la moglie, e lui fino a quel momento non se ne era ancora dato pace e, di qualsiasi cosa parlasse, ogni volta ricordava la moglie; e in lui non era rimasto più nulla di procuratoriale.

"Possibile che io un giorno possa arrivare a una condizione del genere?" pensava Lýžin, addormentandosi e ascoltando attraverso il muro la sua voce trattenuta, come quella di un orfano.

L'investigatore non dormiva tranquillo. Aveva caldo, stava scomodo, e nel sonno gli sembrava di non essere a casa di Taunitz e in un letto morbido pulito, ma ancora nell'izbà del zémstvo, sul fieno, e di sentire i testimoni parlottare sottovoce; gli sembrava che Lesnìckij fosse vicino, a quindici passi. Nel sonno gli venne di nuovo in mente che l'agente del zémstvo, coi capelli neri, pallido, con gli stivali alti impolverati, si avvicinava allo sportello del ragioniere. "Questo è l'agente del nostro zémstvo..." Poi si immaginò che Lesnìckij e la guardia Lóšadin camminassero nella neve per i campi, fianco a fianco, sostenendosi l'un l'altro; la tormenta turbinava sopra di loro, il vento soffiava loro nella schiena, e loro camminavano e canticchiavano:

«Noi andiamo, noi andiamo, noi andiamo».

Il vecchio assomigliava a uno stregone all'opera, e tutti e due effettivamente cantavano, come a teatro:

«Noi andiamo, noi andiamo, noi andiamo... Voi siete al caldo, siete

alla luce, siete nel morbido, noi invece camminiamo nel gelo, nella tormenta, nella neve profonda... Noi non conosciamo quiete, non conosciamo gioie... Ci facciamo carico di tutta la pesantezza di questa vita, sia la nostra, sia la vostra... U-u-u! Noi andiamo, noi andiamo, noi andiamo...»
Lýžin si svegliò e si sedette sul letto. Che sogno confuso, brutto! E perché l'agente e la guardia li aveva sognati insieme? Che assurdo! E ora che a Lýžin batteva forte il cuore e stava seduto sul letto, con la testa tra le mani, gli sembrava che in effetti questo agente assicurativo e la guardia avessero qualcosa in comune nella vita. Nella vita non vanno fianco a fianco,

sostenendosi l'un l'altro? Un qualche legame, invisibile, ma significativo e necessario, esiste tra di loro, anche tra loro e Taunitz, e tra tutti, tutti; in questa vita, anche nell'angolo sperduto più deserto, nulla è casuale, tutto è pieno di uno stesso pensiero condiviso, tutto ha una stessa anima, uno stesso scopo e, per capirlo, non basta pensare, non basta ragionare, bisogna anche, è verosimile, avere il dono della penetrazione nella vita, un dono che, è evidente, non a tutti è dato. E l'infelice, debole "nevrastenico" – come lo chiamava il dottore – che si era ucciso, e il vecchio mužìk, che per tutta la vita ogni giorno pellegrinava da una persona a un'altra persona, – sono casualità, frammenti di vita per chi considera casuale anche la propria esistenza, mentre sono elementi di uno stesso organismo, miracoloso e razionale, per chi considera anche la propria vita parte di questo tutto e lo capisce. Così pensava Lýžin, e questo era un pensiero da tempo nascosto in lui, e solo adesso si sviluppava nella sua coscienza in modo esteso e chiaro.

Si sdraiò e si addormentò; e d'un tratto di nuovo loro camminano insieme e cantano:

«Noi andiamo, noi andiamo, noi andiamo... Togliamo alla vita quello che c'è di più pesante e amaro, e a voi lasciamo ciò che è leggero e gioioso, e voi potete, stando seduti a cena, giudicare con freddezza e lucidità perché soffriamo e soccombiamo e perché non siamo sani e contenti quanto voi».

Quello che cantavano loro gli era venuto in mente anche prima, ma questo pensiero gli stava in un certo senso dietro agli altri pensieri e baluginava timidamente, come una lucina lontana quando c'è nebbia. E sentiva che questo suicidio e questa amarezza del mužìk pesano anche sulla sua coscienza; rassegnarsi al fatto che queste persone, sottomesse alla propria sorte, si siano sobbarcate a quanto di più pesante e oscuro c'è nella vita – quanto è orrendo! Rassegnarsi a questo, e per sé invece desiderare una vita luminosa, chiassosa in mezzo alla gente felice, soddisfatta e sognare di continuo questa vita – questo significa sognare nuovi suicidi di persone oppresse dalla fatica e dalle preoccupazioni, o di persone deboli, abbandonate, di cui si parla solo ogni tanto a cena con stizza o con derisione, ma alle quali non si va in aiuto... E di nuovo:

«Noi andiamo, noi andiamo, noi andiamo...»

Come se qualcuno con un martelletto gli battesse sulle tempie.

Al mattino si alzò presto, col mal di testa, svegliato dal rumore; nella camera accanto von Taunitz diceva forte al dottore:

«Non potete partire adesso. Guardate cosa succede fuori! Non discutete, piuttosto domandatelo al cocchiere: con un tempo del genere non vi porterebbe nemmeno per un milione».

«E sì che sono solo tre verste» diceva il dottore con voce supplichevole.

«Foss'anche mezza versta. Se non si può, non si può e basta. Non appena uscite dal portone, là c'è il pandemonio, nel giro di un minuto perdereste la strada. Voi fate come volete, ma non vi lascerò partire per niente al mondo».

«Mi sa che verso sera si calma un po'» disse il mužìk che stava accendendo la stufa.

E il dottore nella camera accanto si mise a parlare dei rigori della natura che influenzano il carattere dell'uomo russo, dei lunghi inverni che, limitando la libertà di spostamento, contengono la crescita mentale delle persone, e Lýžin con stizza ascoltava questi ragionamenti, guardava dalle finestre gli ammassi di neve che si era accumulata contro la palizzata, guardava la polvere bianca, che riempiva tutto lo spazio visibile, gli alberi che disperati si piegavano ora a destra, ora a sinistra, ascoltava l'ululato e i colpi e pensava cupo: "Bah, ma che razza di morale si può mai trarre? È una tormenta, tutto qui..."

A mezzogiorno fecero colazione, poi girarono per la casa senza scopo, si avvicinavano alle finestre.

"E Lesnìckij se ne sta lì sdraiato" pensava Lýžin, guardando i

vortici di neve che volteggiavano furiosamente sugli ammassi di neve "Lesnìckij se ne sta lì sdraiato, i testimoni aspettano..."
Parlarono del tempo, del fatto che la tormenta di solito dura due giorni, raramente di più. Alle sei pranzarono, poi giocarono a carte, cantarono, ballarono, alla fine, cenarono. La giornata era passata, andarono a dormire.
Di notte verso mattino tutto si calmò. Quando si alzarono e guardarono dalla finestra, i salici nudi con i rami debolmente abbassati stavano del tutto immobili, era coperto, senza vento, come se la natura ora si vergognasse della propria bisboccia, delle notti folli e della libertà che aveva dato alle proprie passioni. I cavalli, attaccati in fila

indiana, aspettavano accanto al *kryl'có* dalle cinque di mattina. Quando fu del tutto giorno, il dottore e l'investigatore indossarono le pellicce e gli stivali di feltro e, salutato il padrone di casa, uscirono.

Vicino al *kryl'có* accanto al cocchiere c'era il famoso cockaj, Il'â Lóšadin, senza cappello, con la vecchia borsa di pelle a tracolla, tutto pieno di neve; e la faccia era rossa, bagnata di sudore. Il cameriere, uscito per far salire gli ospiti sulla slitta e coprire loro le gambe, lo guardò severo e disse: «Cosa te ne stai lì a fare, vecchio diavolo? Vattene via di qui!»

«Vostra alta nobiltà, la gente è inquieta...» disse Lóšadin, sorridendo ingenuo, con tutta la faccia, ed evidentemente

soddisfatto di avere finalmente visto quelli che aveva aspettato tanto a lungo. «La gente è molto inquieta, i bambini piangono... Pensavano, vostra nobiltà, che ve ne foste tornati in città. Mostrateci la misericordia di Dio, nostri benefattori...»
Il dottore e l'investigatore non dissero nulla, salirono sulla slitta e andarono a Syrnâ.

Dello stesso editore

Poesia

Osip Mandel'štàm, Pietra (edizione cartacea: La Vita Felice)
Osip Mandel'štàm, Tristia. Secondo libro (edizione cartacea: La Vita Felice)
Osip Mandel'štàm, Quaderni di Mosca (edizione cartacea: La Vita Felice)

Anna Achmàtova, Stormo bianco (edizione cartacea: La Vita Felice)
Anna Achmàtova, Rosario (edizione cartacea: La Vita Felice)
Anna Achmàtova, Sera (edizione cartacea: La Vita Felice)
Anna Achmàtova, Tutte le poesie

Marina Cvetàeva Mestiere (edizione cartacea: La Vita Felice)
Marina Cvetàeva Accampamento dei cigni-Separazione (edizione cartacea: La Vita Felice)
Marina Cvetàeva Verste. Poesie 1916-1920 (edizione cartacea: La Vita Felice)
Marina Cvetàeva È ora di spegner la lanterna. Ultime poesie 1936-1941

Aleksandr Blok Bolle di terra - Viola notturna - Maschera di neve
Aleksandr Blok Crocevia (edizione cartacea: La Vita Felice)
Aleksandr Blok Città (edizione cartacea: La Vita Felice)
Aleksandr Blok Poesie sulla bellissima dama
Aleksandr Blok Ante Lucem

Dino Campana Tutte le poesie
Vladìmir Majakovskij Tutte le poesie (1912-1930)
T.S.Eliot Canzone d'amore di J. Alfred Prufrock
Cantico dei cantici
Bruno Osimo Spazio intorno allo squalo
Bruno Osimo Poesie dall'ospedale psichiatrico
Bruno Osimo Poesie apocrife di Anna Ahmàtova
Bruno Osimo A Silva
Bruno Osimo Per tenerti la mano tra coyote e cinghiale
Bruno Osimo Sguardi rubati ; Gianpaolo Tescari
Bruno Osimo Bolle d'accompagnazione
Bruno Osimo Proposta sibillina
Bruno Osimo Ce l'hai scarico da un pezzo

Bruno Osimo Sei un vaso di fiori di campo

Bruno Osimo La scoiattola d'autunno

Semiotica

Bruno Osimo Semiotica semplice
Bruno Osimo Semiotics for Beginners
Bruno Osimo Semiotica per principianti
Lev Vygótskij, Pensiero e parola
Charles Sanders Peirce Filosofia della mente
Jurij Lotman Il testo nel testo
Jurij Lotman Le tre funzioni del testo
Jurij Lotman Autocomunicazione: «Io» e «Un altro» come destinatari
Jurij Lotman Le mie memorie 1922-1940

Jurij Lotman La semiosfera: culture

Jurij Lotman La cultura e l'intelligentnost'

Jurij Lotman Il ruolo dell'arte nella cultura

Jurij Lotman Asimmetria e dialogo

Jurij Lotman Il modello della struttura bilingue

Peeter Torop La semiotica della cultura. Introduzione alla scuola di Tartu fondata da Lotman.

Peeter Torop Biografia privata di Lotman attraverso gli autoritratti. Il discorso interno di uno studioso

Peeter Torop La transmedialità dell'autocomunicazione della cultura

Peeter Torop Sugli inizi della semiotica della cultura alla luce delle tesi della scuola di Tartu-Mosca

Opere di Gógol'

La lettera scomparsa
Notte di maggio ovvero L'annegata
La sera della vigilia di Ivàn Kupàla
La fiera di Soróčinci
Memorie di un pazzo

Opere di Solženìcyn

L'arresto. Vivere e morire ai tempi dei gulag
L'istruttoria. Torture, false confessioni, gulag
Storia delle fogne russe. Ondate di deportazione in gulag
La donna in lager. Vita quotidiana nei gulag

Dùsečka
Zio Vanja
Tre sorelle
Il gabbiano
Il giardino dei ciliegi
(L'amareneto)
L'insegnante di lettere
Dama con cagnolino: racconto
Casa con mezzanino (racconto di
un pittore)
Racconto della signora X
L'isola di Sachalìn
La dacia nuova
A proposito dell'amore
I mužikì
Alle feste di Natale
Per affari di servizio
Nel baratro
Tre anni
Il duello

Ionyč: racconto
L'arciereo: racconto
La sposa: racconto
Kaštanka: racconto
Ragazzi: racconto
Principessa: racconto

Opere di Tolstój

Imparare a scrivere dai bambini
Infanzia
Non uccidere nessuno
Non posso stare zitto Contro la
pena di morte
Su ciò che viene chiamato «arte»
Il Vangelo spiegato ai bambini
Il parassitismo
Sonata «Kreutzer»
Il desiderio sessuale
Religione e morale
Perché la gente si droga?
Perché non mangio la carne

Opere di Dostoevskij

Notti bianche

Memorie dal sottosuolo

Il villaggio di Stepànčikovo e i suoi abitanti

Opere di Leskóv

L'ebreo in Russia

Il pellegrino incantato. Il mancino

L'angelo sigillato. L'ebreo in Russia

Opere di Bulgàkov

Comune operaia № 13

Il mago nero

Ho ucciso e altri racconti

Opere di Pùškin

Evgénij Onégin

Fiabe popolari

Sivko-burko
Fiaba su Ivàn-zarévič, sull'uccello-brace e sul lupo grigio
Vasilìsa la bellissima. La sorellina volpina. Ivàn Zarévič

Sulla traduzione

Peeter Torop Total Translation
Vlahov Florin The Translation of Realia
B., S.A. Osimo Cognitive distortion, translation distortion, and poetic distortion as semiotic shifts
Bruno Osimo On Psychological Aspects of Translation
Bruno Osimo Literary translation and terminological precision: Chekhov and his short stories

Bruno Osimo Basic notions of Translation Theory

Bruno Osimo Translation Studies. Contributions from Eastern Europe

Bruno Osimo Handbook of Translation Studies

Bruno Osimo Juri Lotman's Translation Handbook

Bruno Osimo Dictionary of Translation Studies

Bruno Osimo History of Translation

Bruno Osimo Roman Jakobson's Translation Handbook

Bruno Osimo The Translation of Culture

Bruno Osimo Prototext-metatext translation shifts

Anton Popovič La scienza della traduzione

Peeter Torop La traduzione totale

Aleksandar Lûdskanov Un approccio semiotico alla traduzione

Vlahov Florin La traduzione dei realia

Revzin Rozencvejg Manuale di semiotica della traduzione

Jiří Levý La creatività linguistica e letteraria del traduttore

Jiří Levý Stile letterario e stile traduttivo. Come si forma il traduttese

Zuzana Jettmarová Teoria ceca della traduzione

B., S.A. Osimo Distorsione cognitiva, distorsione traduttiva e distorsione poetica come cambiamenti semiotici

Bruno Osimo Manuale del traduttore di Giacomo Leopardi

Bruno Osimo Peeter Torop per la scienza della traduzione

Bruno Osimo La traduzione totale. Spunti per lo sviluppo della scienza della traduzione

Bruno Osimo Teoria della mediazione linguistica

Bruno Osimo Traduzione come metafora, traduttore come antropologo

Bruno Osimo La memoria della cultura: traduzione e tradizione in Lotman

Bruno Osimo Traduzione e nuove tecnologie

Bruno Osimo Terminologia semiotica e scienza della traduzione

Bruno Osimo La lingua non salvata

Bruno Osimo Traduzione giuridica e scienza della traduzione

Bruno Osimo Traduzione della cultura

Bruno Osimo Traduzione letteraria e precisione terminologica

Bruno Osimo Traduzione e qualità

Bruno Osimo Traduzione: aspetti mentali

Bruno Osimo La traduzione totale di Peeter Torop

Fuori collana

Federico Bario Come batteva il tamburo

Aleksandr Ânov Le origini dell'autocrazia

Anatolij Rybakov Gli anni del grande terrore

Raffaello Giovagnoli Spartaco

Mihail Arcybašev Sangue

Mikhail Artsybashev Blood

Julija Voznesenskaja Decamerone delle donne

Solomon Volkov Pietroburgo. Storia culturale

Solomon Volkov Šostakovič e Stalin: l'artista e lo zar

Howard Rheingold Comunità virtuali

Bruno Osimo Il poeta in affari veniva da molto lontano

Bruno Osimo Esercizi di stile traduttivo

Bruno Osimo Melanzane dall'antipasto al dolce

Bruno Osimo Dizionario di psicoanalisi

Lucilla Porta, Una sorta di affetto. Romanzo

Tamara Nigi, Stazioni di transito. Haiku scritti sull'acqua

Poesia nascosta. Seicento ricette di cucina ebraica in Italia

Graziella   Colonna,   Memorie
1927-2024